# カタルーニャでいま起きていること

古くて新しい、独立をめぐる葛藤

エドゥアルド・メンドサ 著
立石博高 訳

¿QUÉ ESTÁ PASAND
EN CATALUÑA
Eduardo Mendoza

明石書店

# 日本の読者へ

私は、東京外国語大学長で優れた翻訳者である立石博高氏から、カタルーニャの現状に関する私の文章を日本の読者に向けて紹介したいとの打診を受けて、喜ばしく思い、感謝している。

私は、スペイン語で物書きをするカタルーニャの作家である。カタルーニャは、カタルーニャ語とスペイン語という二つの公用語をもつ地理的空間である。このバイリンガリズム（二言語併用主義）は、実際の生活上で大きな困難をもたらすことはない。なぜならば、この二つの言語は同じ語族〔ロマンス語族〕に属していて、カタルーニャ人の大多数は両方を自在に操ることができ、無意識で一方から他方へスイッチできるのである。しかし根底には基本的相違がある。カタルーニャ語はローカルな言語であって、比較的数の限られた人びとが話し、読み、そして書いている。それに対してスペイン語は、大言語であって、二二カ国で約四億人の人びとによって話されている。カタルーニャ語で執筆する作家には、限られた潜在的読者しかいない。それに対してスペイン語で執筆する作家には、無限ともいえる市場が広がっている。このことは、新聞、テレビ、映画、演劇といったほかの分野にも当てはまる。児童書やコミックのような場合も同様である。カタルーニャ語を話す市民は、文化的に世界から孤立して生活しようと望まないのであれば、スペイン語をきちんと知ることが絶対に必要である。反対に、カタルーニャ語を理解せず話せなくても、このことで制限を受けることなくカタルーニャで生活することができる。それに加えて、とりわけ情報科学（コンピューターゲームを含めて）や科学研究の分野では英語が幅を利かせている。
かなりの部分、カタルーニャの軋轢《あつれき》はこうした状況を共有している。スペインのほかの地域に対するある種の劣等感に、少し前まではカタルーニャは経済、技術、文化で先進地域であったということに由来する、ある種の優越感が混在している。

あらゆる面でグローバル化が進行する時代にこうした軋轢が高まることは、馬鹿げて見えるが、理解はしうる。伝統的な共同体はそのアイデンティティを失っている。言語においてだけでなく、生活様式、食文化（カタルーニャでは、典型的カタルーニャ料理よりも日本あるいは疑似日本的料理のレストランの方が多い）、家族関係など、ほかの事柄においても、である。人びとの移動はたいへんに重要な要因である。カタルーニャにはラテンアメリカ出身の人びとが数多くいて、そのことでカタルーニャ語はさらに縮小しているのである。流動性の結果、異なった国ぐに、とくにヨーロッパの国ぐにの人びととの間の婚姻が増えている。このことが、とりわけ農村世界における社会のもっとも保守的階層のあいだに困惑を生み出している。結果として、伝統にしがみつく農村と、バルセローナのような、開かれてコスモポリタンな都市とのあいだの対立が生じているのである。これらの要因に、経済危機とその最初の結果である高い失業率が加わると、多くの人びとは、すでに自分のものではなくなった世界に放り出されていて、その生活に意味を与える社会に逃げ込むこともできないと感じるのだ。

他方で、いわゆるカタルーニャ問題は、決して新しいものではない。ごくわずかの例外があるものの（日本はその一つかも知れない）、今日存在している国民国家（ネーション）は、暴力に基づいて形成されている。より強く、より攻撃的な、あるいはより幸運な王国が、ほかの領土を征服することがあった。第三国の脅威を前にして二つの王国がやむをえず統合することもあった。スペインは、二つの大きな王国（カスティーリャとアラゴン）が統合し、より小さな領域（ナバーラ、カナリア諸島）がこれに結びついて形成された。何世紀もの歴史が相互の絆を生み出しているが、遺恨や不和も生まれている。

いずれにせよ、国民国家の全体的利害とカタルーニャの固有の利害とのあいだの対立や軋轢は、スペインが正面から立ち向かうべき主要な問題では決してなかった。対外的な戦争や深刻な社会的不平等が、絶えず重大な混乱を引き起こしていたのだ。一般的に言えば、カタルーニャ問題は小さい周縁的な問題であった。あたかも、虎に襲われた人間が、さらにスズメバチに刺されるようなものであった。

荒廃へと導いた内戦〔一九三六～三九年のスペイン内戦〕と長期にわたる冷酷な独裁〔一九三九～七五年のフランコ体制〕の後の最近の自由と繁栄の段階のおかげで、古くからの不和が主たる役割を演じることになった。一部のカタルーニャ人のあいだにあらためて、スペインのほかの地域からカタルーニャを分離させるという考えが頭をもたげた。このことにかかわったほとんどすべての者たちの不適切な対立行動のせいで、現在あるような限界的状態が生じたのである。

誰が正しいのか。誰が勝利者となるのか。

こうした質問に答えるのは難しい。ある意味、そもそも提起の仕方が間違っているからだ。

道義的問題でも正義の問題でもない。また、抑圧された民族の自由が危うくなっているのでもない。スポーツ競技のような、勝つか負けるかの問題でもないのだ。

実際的なレベルで判断すれば、独立の可能性のバランスシートは否定的だ。しかしながら、象徴的論拠（民族歌、民族旗、国境なき市場での経済的独立という虚偽）と歴史的理由から、こうした動向は続いている。歴史的理由とは、三〇〇年ほど前に起こったこと〔スペイン継承戦争で、カタルーニャは新たなブルボン王朝支配に対抗したが、一七一四年九月一一日にバルセローナが陥落、独自の政体を喪失した〕とその今日的解釈が、現在を条件付けているということだ。

ヨーロッパは、凄まじい戦争の荒廃から数年のうちにその統合を築き上げた。ところがカタルーニャは、何百年も前に起こった小さな戦争を理由にスペインに対立し続けているのだ。人間心理の矛盾とも言えるが、強力な敵同士は、いさかいを重ねた兄弟同士よりも容易に和解するのである。

この現象は、今日特徴的な要素によっても助長されている。ソーシャルネットワーク、ポスト・トゥルース、民主主義制度と福祉国家の危機、陳腐化したヨーロッパ・アイデンティティの喪失、期待を裏切るシステムへの若者たちの無関心、といったことである。

カタルーニャで起こっていることは、広範に拡がっている病気の一つの症候にすぎない。治療は攻撃的薬物投与にあるのではないし、ましてや外科手術にあるのでもない。そうではなくて、からだに良いもの、つまり新鮮な空気と健康的な食物にあるのだ。現在に生きること、将来を考えること、そして人びとの現実的諸問題に配慮することが肝要なのだ。

二〇一八年七月

エドゥアルド・メンドサ

カタルーニャでいま起きていること
——古くて新しい、独立をめぐる葛藤

# 目次

【凡例】

＊翻訳に当たっては、固有名詞のカタカナ表記はできるだけスペイン語とカタルーニャ語の原音表記に努めたが、一部に関しては慣用に従った。
例：メンドサ（メンドーサ）、バルセローナ（バルサローナ）、クンパニィス（クンパンチ）。

＊文中の〔　〕は、訳者による補足と注釈である。

# カタルーニャでいま起きていること——古くて新しい、独立をめぐる葛藤

Qué está pasando en Cataluña

# 序文

私は何年も前からかなりのときをカタルーニャの外やスペインの外で過ごしている。そのおかげで私は、現在起こっていることに対して一定の洞察力をもっていると信じたい。遠くからであるが、私は、個人的なコンタクトや内外の新聞を読むことを通して、それを注意深く追っているのである。私はまた、いまカタルーニャで起こりつつあることを外国の人びとに説明する、あるいは説明しようとするために何度か招かれてきた。こうした機会に私は、現在の状況についての見識のなさを指摘してきた。と同時に、カタルーニャとスペインのイメージを歪めている偏見をも指摘してきた。こうした偏見は、実際に起こっていること、その前例となっていること、さらに独立を支持する者であれ独立に反対する者であれ、直接に巻き込まれている人びとがこれらの出来事を見たり知ったりするやり方について生じているのである。私はまた、こうした偏見や歪曲の多くが我が国のなかで共有されていて、支配的な考え方のかなりの部分の基となっていることを明らかにしてきた。

いくらかでも解明に寄与したいという思いから、私はこの小著を書くことにした。私はどちらかの党派に身を置こうとして書いたのではない。個人的には、どちらの党派も私には気に入らない。それは多分に、私の気質、考え方、そして個人的経験によるだろう。私は、いま起こっていることを理解しようとするために書いたのである。

これまでに私が受けたインタビューでたびたび繰り返されてきたテーマは、フランコ主義〔フランコ将軍は、一九三六年から三年間続いたスペイン内戦に勝利し、一九七五年の死去にいたるまでスペインに独裁体制を敷いた。フランコ主義はそうした体制を支えたイデオロギーと抑圧システムのこと〕についてであった。外国では、いま起こっていることがすべてスペイン内戦とそれに続く長年の独裁に起源をもっていると多くの人びとが考えている。この固定観念は、幸いにも独裁者フランコの死後にトラウマ的なことは何も起こっておらず、スペインが初めて平穏かつ継続的に民主主義の道を歩んできたということに起因している。フランコの死去から多くの歳月が経ち、多くのことが過ぎ去った。おそらくもっとも重要なことは、いま生きているスペイン人たちの圧倒的多数が独裁を知らないし、独裁から民主主義への移行の困難な時期も知らないということである。そしてフランコ主義については、文学、映画、演劇、テレビなどがあの不幸な時代をメロドラマ的に利用することによって醸し出された、あいまいなイメージしかもっていないのである。

フランコ主義とその犠牲をめぐる取り沙汰は確かにあり、あまり倫理的とは言えないが、意図的な道具として使われない限り無害で、興行が終わればそれまでである。

こうしたことが国内で起こっている以上、国境の外でも起こっていても不思議はない。ある者は無知から、またある者はこの問題をあまりに間近に学んだために、スペイン内戦が昨日終わったばかりであるかのように、そしてフランコがいまだパルド宮殿〔マドリード市郊外にある官邸〕からスペインの運命を牛耳っているかのように思い描いているのだ。

私は、こうした時期ははるか昔のことで、かなり前からスペインは、違った視点で理解し取り組まなければならない新たな問題群に直面していると、これらの人びとに説いているのだが、なかなかうまくいかない。私が善意から努力しても、ほとんど無駄になってしまう。というのもある連中からは、とくにカタルーニャでは、フランコという人物とその独裁が、自分たちの行動を正当化するために、あるいは反対者の行動を否定するために、金科玉条のように執拗に引き合いに出されてしまうからである。

いかに反駁されようと私は、現在引き合いに出されているフランコ主義は、多くの可能性のある概念を単純に不正操作したものであって、幸いにも事実とは何の関係もないと信じている。

しかしながら、政治システムとしてのフランコ主義は歴史のかなたに追いやられているとしても、時の流れがいまだ消し去っていないものも確かに存続している。それは政治的心性である。この心性は長い独裁時代のあいだにたくみに蒸留されて、カタルーニャ人を含めてスペイン人たちの思想や行動の仕方に染みこんでいるのである。それは権力を理解する仕方であり、利益や意見に軋轢が生じたときに権力に対峙する仕方である。この意味で、フランコによって命令の仕方を学んだ者たちは民主化への移行のなかでお払い箱になっているものの、フランコによって服従することや刃向うことを学んだ者たちはいまなお現役で活動しているのである。

# フランコの神話

フランシスコ・フランコは戦争犯罪人であり、独裁者であり、抜け目はないが凡庸な政治家であった。それなのに、彼の歴史的重要性と影響は過大視されてきた。多くの者の見解によれば、いまだ私たちはフランコの影の下に暮らしている。また多くの者にとって、すべてあるいはほとんどすべての出来事をフランコに帰することができ、考え方や感情や行動を正当化するのにもフランコを引き合いに出すことができるのである。比較を行なったり、直接的に侮辱したりする場合もそうである。だが、そんなはずはない。

フランコにはイデオロギーがなかった。もちろんファシストではなかった。彼はファシズムの綱領的前提の大部分を嫌っていたし、彼にとって役に立つのでなければファシズムと闘っていただろう。実際にそうしたこともあって、ファシズム・イデオロギーの賛同者たちが内戦後のスペインにその考え方を押しつけようとしたときには、それを狡猾に抑えつけたのである。フランコはある時期、自分はファシズム・イデオロギーに近い考えであると喧伝したが、それはスペインにおけるこのイデオロギーの支持者たち（ファランヘ党や、JONSといったグループ）〔ファランヘ党は一九三三年に設立されたファシスト組織〕が戦闘の場や知的分野でフランコに提供してくれるであろうものを利用としようとしたためであり、またファシズムに近しいと宣言することでドイツやイタリアの共感を得て、それらの軍事的支援を得ようとするためであった。これらの同盟国が自分らの戦争〔第二次世界大戦〕で負け始めると、フランコは躊躇なく勝利者たち〔アメリカやイギリス〕の友であるとの態度を示したのである。後者とは共産主義への敵意という点で結びついていたのだ。

現実にはフランコは、ほとんど理念を欠いていた。だが、その途轍もない個人的野心、尽きることのない権力欲、そして狡猾さのおかげで、数々の潮流を泳ぎ渡り、数々の危機を乗り越えたのであった。

結局のところフランコは、トルヒーヨ〔三一年間の長期独裁を敷いたドミニカ共和国の政治家〕、バティスタ〔一九五九年に倒れるまで親米独裁を敷いたキューバの大統領〕、そしてソモーサ〔一九五六年に暗殺されるまで独裁を敷いたニカラグアの大統領〕といった同時代のラテンアメリカの独裁者たちのモデルに呼応していたのであり、これらの独裁者たちと親密な関係を維持していた。だが、より古い歴史をもつヨーロッパの一国に属していたことでフランコは自分にはもっと中身があると信じていて、カトリック両王〔一五世紀末にスペイン王国を成立させたアラゴンのフェルナンドとカスティーリャのイサベル〕の偉業を受け継いで帝国〔一六～一七世紀のスペイン帝国〕の遺産を継承していると宣言したのである。これらはへつらいのレトリックであり、プロパガンダ、お世辞にすぎなかったのだが。

おそらくフランコはカトリックを信奉していたが、もしカトリック教会が最後まで彼に忠誠でなかったとしたら（実際にはそうであったのだが）、どんなことが生じていたか分からない。

イデオロギー的観点からするとフランコは、スペイン保守主義の長く深い伝統のなかの一つのエピソードにすぎなかった。彼の採った手段の血生臭さとその存在が近年であることから、このエピソードは壮大な歴史的広がりを獲得してしまい、冷静に吟味しないとフランコは実際以上に影響力のある人物になってしまう。つまり、その死後四二年経っても、あの世から私たちスペイン人の運命を左右し続けているスーパーヒーローということだ。

## フランコ体制下のカタルーニャにおける弾圧

これも援用されやすいテーマだが、含みをもたせることが必要である。とくに、しばしば混同されているほかのテーマと区別することが必要である。

確かにカタルーニャは、スペインのほかの地方と同じように、スペイン内戦後にフランコ主義からの弾圧を受けている。だがこの弾圧は、カタルーニャではその特殊性のために、特別な性格を帯びた。一方で、イベリア半島のほかの場所と比べるとそれほど激しくはなかった。というのも、フランコ派の軍隊が入ったのは内戦の末期であり、フランスとの国境に近かったおかげで犠牲となったはずの多くの者たちがスペインの外に逃れることができたからである。亡命は痛ましい事実だが、銃殺よりはましである。他方では、カタルーニャは二つの理由から付加的な弾圧を受けた。一つには分離主義の、二つにはカタルーニャ独自の文化と言語のせいで。

分離主義は、これに反発する人びとを軍事反乱へと駆り立てるスローガンであった。そしてほかのスローガンと同様に、大きく誇張されていた。

まずもって「分離主義」という言葉は、すでに一つの価値判断を伴っている。誰かが壊したいと思っている一つの統一体の存在を意味している。そして背信という要素が多かれ少なかれ潜在的にスペイン人のなかに存在していることを前提としている。分離主義は、ユダヤ人・フリーメーソンの陰謀あるいは妖怪のごとき共産主義と同様の、敵陣の支柱であり、これに反対しようとしてフランコ主義の何も考えない輩が結集していたのである。

実際には分離主義は、フランコ主義者が喧伝していたほどカタルーニャで広まってはいなかった。カタルーニャにはアナーキズムや社会主義（のちには共産主義も）のイデオロギーに共鳴する多くの移入者〔スペインの他地域から労働力として流入した者たち〕がいた。彼らは最初から共和政の大義をもっていて、さまざまな前線で戦い、エブロ川での戦い〔反乱軍側との攻防戦〕で多くが命を落とした。カタルーニャ工業は軍事産業となり、反乱軍に抵抗するための本質的要素となった。マドリードの政府に対抗姿勢を見せ続けていた多くのカタルーニャ人は、共和国という共通の大義のために、戦争中は互いの相違を棚上げにした。

忘れてはならないのは、カタルーニャ知識人の若者のかなりの部分は〔そしてあまり若くない者も〕ファランヘ党の運動に加わり、フランコ側支配地域に移って宣伝活動に協力し、ブルゴス市とサラマンカ市〔反乱軍側の拠点が置かれた〕から将来のフランコ体制の知的構築に大きく与《あずか》ったことである。だが、カタルーニャに対するスペイン極右派の敵意に呼応した軍人たちの愚かさと頑なさが、カタルーニャのファランヘ主義者の計画遂行を妨げた。一般的な不信と言語の問題のために、その頓挫は余儀なくされたのだ。そして、こうした不当な否認を前に挫折したことから、ファランヘに同調していた知識人の多くが、フランコ体制内の公然たる反対勢力となった。また別の者たちは外国の文化機関でポストを得たり、国内にとどまって亡命状態に甘んじたりした。その苦痛は、カタルーニャ人のメランコリックなユーモア感覚によっていくばくか和らげられてはいたが。

国外への亡命を余儀なくされた一群のカタルーニャ人たちですら、決して明らかな分離主義者ではなかった。内部の軋轢や距離からくる困難（ある者はフランスに、別の者はアメリカ大陸にと分散していた）にもかかわらず、彼らのまとまりは、一九七七年にタラデーリャスがカタルーニャに戻るまで維持された〔最後の亡命カタルーニャ自治政府の首班であった彼は、この年に帰国して暫定自治政府を樹立した〕。

カタルーニャの独立は、一部の者にとっては将来の夢であったが、決してその基本思想をなしてはいなかった。基本思想であったのは、失われた自由の回復、囚人や亡命者への恩赦、そして自治政府の復活であった。

## カタルーニャ語の使用禁止

現在の軋轢の先例を数え上げるとき、これは格好のテーマである。だがここでも、少なくとも私たちの間では、禁止という概念の一般的な使い方と事実そのものとを混同しない方がよい。

フランコ体制がカタルーニャ語に反感を抱いていたことは疑うべくもない。言語的な差異という事実を前に彼らは、奥深い敵対的反応を示していた。フランコ主義者にとって、またそうではない一部の者にとっても、カスティーリャ語〔公用スペイン語のこと〕以外の言葉がスペインで話されることは侮辱だと思われた。

まったく非合理なこうした態度は、カタルーニャ人たちには理解しがたかった。それでも、こうした態度を理解し受け入れざるをえなかった。カスティーリャ語話者は、彼らを軽蔑して、カタルーニャ語は言語ではなくて方言であると言っていた。方言であるというのは本当ではない。たとえ仮に本当であろうと、そのこと自体は不都合ではないだろう。イタリアでヴェネト語は方言と見なされているが、ヴェネツィア人がそれで卑屈に感じることはない。同じことは、ドイツのさまざまな方言についても当てはまる。しかしスペインでは、カタルーニャ語に向けられる方言という概念は、侮辱的な意図をもって使われていた。こうした態度は、張りつめた不愉快な状況を生み出すことがある。カタルーニャ語で話しかけられたよそ者が、カスティーリャ語で話すようにとつっけんどんに要求したような場合である。当事者のどちらかに不利な状況でこうした不一致が生じたときには、出来事がより痛ましいものになりえた。そうしたときに、たとえば商売や公的施設では、売り手やウェイターが、お客に対して謝らなければならなかったからである。むろん限られた場合で、例外的なことだった。だがこうしたことは確かにあり、それが多くのカタルーニャ人の遺伝コードになってしまった不寛容や乱用の感覚を生み出してきたのである。歳月を経て関係は軟化し、ついにはいくらかの寛容をもたねばならないという尊重と理解が一般的になった。

逸話ともいえるこうしたこと以外に、カタルーニャ語が使用言語として禁止されることはなかった。だが認可されてもいなかった。ある者は、フランコ主義は法の全般的な不履行によって緩和された独裁制であると定義した。厳しい規範を設けるとともに、必要なときには適用する可能性を決して排除せずに不履行を許すというのが、この独裁制の法的特殊性だったのである。私的空間外でのカタルーニャ語使用に関しても然りであった。

あらゆるレベルでの教育は、必ずカスティーリャ語で行なわなければならなかった。カタルーニャ語を正式に学ぶことは、学習計画には一切入っていなかった。ほとんどの学習科目では、その影響は教えられる際の言語の違いだけであったが、いくつかの科目では影響が大きかった。文学はスペイン文学で、この全般的な表題のなかにカタルーニャやガリシアの文学も含まれていたが、ざっと言及されるだけであった。ハシント・ベルダゲール〔ジャシン・バルダゲー、カタルーニャ・ロマン主義の詩人、一八四五〜一九〇二年〕、ロサリーア・デ・カストロ〔ガリシアの女流詩人、一八三七〜八五年〕などが取り上げられるだけだったのである。書記言語としてカタルーニャ語を修得しないことから奇妙な状況が生まれた。お互いにカタルーニャ語で話す人びとも、カタルーニャ語での文字転写ができないので、それを避けて文章でのコミュニケーションではカスティーリャ語を使わざるをえなかったのである。カスティーリャ語での授業が明白な義務であったにもかかわらず、カタルーニャ語で授業が行なわれていた所もあった。大都市を除いてはカタルーニャ語の使用が一般的であるだけでなくほとんど独占的であったからである。そうしなければ、教師ですらほとんど話せず、生徒たちにはほとんど理解できない言語〔カスティーリャ語のこと〕で授業をしなければならなかったのである。さらに、内戦前に作られた進歩的性格の学校もいくつかあった。そこでは、内戦直後の厳しい状況が過ぎると、カタルーニャ語での教育が行なわれた。

日常生活においては、カスティーリャ語とカタルーニャ語はうまく共存していた。教育手段、文化、娯楽、つまり新聞、ラジオ、映画はほとんどカスティーリャ語であった。テレビはまだなかった。カタルーニャのなかのカタルーニャ語を母語とする人びとは、良かれ悪しかれこの二重アイデンティティに慣れ親しんだ。彼らの個人的コミュニケーション言語は一方、つまりカタルーニャ語であり、個人的関係ではないものを受け入れる際の言語は別の方、つまりカスティーリャ語であった。バイリンガル（二言語併用）は決してまれではないし、人びとはそれに慣れている。カタルーニャにおける異常は、この二分法が自然に生まれたのではなくて、かなりの程度外部から押しつけられたものだった点だ。実際にカタルーニャの人びとは、言語的に見れば混在していたのであり、スペインのほかの地方からの流入が多かったために、このバイリンガル状態は強められたのである。カスティーリャ語話者の大量の流入という現象は、とくにバルセローナや大産業都市で、住民の中産層・上層からカタルーニャ語を遠ざけていった。この移入者については後述したい。

いま強調したいのは、最近カタルーニャの内外で言われているようにカタルーニャ語が禁じられてはいなかったことである。フランコ体制においてカタルーニャ語の使用は禁止されてはいなかったが、確かに統制されていたのであり、その方がむしろ悪いとも言える。内戦が終わって何年か（この時期にはカタルーニャ語で書かれたものを出版するのは完全に禁じられた）経つと、カタルーニャ語での文化的な表明は許された。ただし、ほんの少しずつで、大量の流布はしないという保証がなされなければならなかった。最初に許可されたのは、著者が聖職者だということで、ジャシン・バルダゲーの全集の出版が許された。その後、内戦前に出版されていたカタルーニャ語での著作の再版も許された。こうして次第にカタルーニャ語での出版が広まった。『セーラ・ドール』誌は一九四〇年代末にさかのぼれるが、一九五九年以後、正式に出版されるようになった。カタルーニャ語での書物を刊行する「出版社六二」は、その名の通り、一九六二年に開始された。これらは決して例外ではなかった。カタルーニャ語での出版は増え続けた。古典の翻訳、通常の小説、そして推理小説もあった。さまざまな文学賞が生まれ、一部の作家たち、とくに詩人が、文学的かつ社会的な名声を博した。ほかの出版物に対すると同様に検閲は敷かれていたが、道を外れない限りにおいて容認されていたのである。

演劇に関しても同じことが起こった。カタルーニャ語で上演される演劇もすぐに始まったが、カスティーリャ語での演劇と比べると取るに足らない割合であった。しかも一般的に商業ベースには乗っていなかった。カタルーニャ語で定期的に上演されたのは、「牧人歌」「ウレーザの情熱」「アスパラガス畑の情熱」といった作品であった。さらにカタルーニャ語の作品を上演するアマチュア演劇グループも存在した。

これまでに取り上げたケースのほとんどは、教会と結びついたかたちのカタルーニャ語での表明であった。この特殊性についても後述したい。

# 移入者

歴史的理由から、カタルーニャは何世紀にもわたって閉鎖的社会であった。その地理的位置からして、カタルーニャは逆の方向に押し動かされて、長い間、地中海諸民族の移ろいやすい歴史に積極的に参画してきた。その後、偶然にしろそうでないにしろ、状況によって自らのうちに閉じこもった。そうした状況に舞い戻るのは意味がない。なぜならば、いまの段階ではほとんど策がないからである。いずれにしろ確かなのは、それ以来バルセローナは、閉鎖的社会でありながら数多くの移入者を受け入れるという矛盾のなかで生きてきたということだ。

これまでの時代のさまざまな文書を読むと、カタルーニャの都市社会が移入者に不安を抱いていたことが分かる。あらゆる閉鎖社会と同じようにカタルーニャ社会は、その構造やその慣習の厳しい遵守に疑問をはさむことに対してはもろかった。異なる者への不安は「彼らは我々のようではない」という言葉で言い表された。このモットーは、優越感か劣等感、あるいは両者の混合を意味している。いずれにせよ、在地の者と異なる振る舞いをする者との避けがたい軋轢がここから示唆される。

興味深いのは、こうした警戒が、産業革命の初期には、農村地帯からやってきたカタルーニャ人に向けられていたことである。それはもっともなことだ。カタルーニャは山々の障壁で分断された渓谷からなる険しい地形をもつ。村々は孤立しているのが一般的だ。山間の村々と漁師の村々がそれぞれに閉鎖的であり、互いのことを知らず、両者がともに、見方によっては、自然状態あるいは野蛮状態にあったのだ。彼らが都市にやってくると、パニックを引き起こしたのである。

しかし、このパニックはあまり長くは続かなかった。アメリカに渡った〔一九世紀、最後の植民地キューバでの経済活動で富を得た〕カタルーニャ社会は、並外れた努力で急速に豊かになり、資本を蓄積し、あらゆる障害を排して産業革命に乗り出した。何事にもひるまなかった。原料や十分なエネルギー源がなかったにもかかわらず、イギリス、フランス、ドイツにならって、産業を興したのである。しかも、かつての植民地帝国をほとんど失って、一七・一八世紀の知識・科学革命とブルジョワ革命に背を向けて、無気力と行政不在に陥っていたスペインにおいてである。こうした状況のなかでカタルーニャは、後進的で無秩序な大衆を従わせたければ、自身の努力に頼るしかないということを知っていた。好意的な教育キャンペーンを張り、その方法がうまくいかない場合には、容赦ない抑圧のキャンペーンも同時に張ったのである。

最初にカタルーニャに流入した人びとは、困難ではあったが効果的に同化された。第二の移入の波は、スペインのほかの地方、とくにイベリア半島南部からやってきた。そのために異なる問題を引き起こした。それは言葉ではなかった。すでにカタルーニャでは何世紀も前からカスティーリャ語は市民権を得ていた。だが、気質の問題があった。遅れた、きわめて貧しい農村社会からやってきた人びとであったので、これらの移入者は、洗練されたカタルーニャ・ブルジョワジーの目から見ると、粗野であり、怠惰とアルコールと暴力にふけっていたのである。カタルーニャのブルジョワジーはこうした問題に対処する意志と手段をもち合わせていた。しかし、彼らの社会の内部に住みついたばかりのこの集団のあり方を受け入れるのはきわめて困難であった。

まずもって彼らは、別の社会を形成していた。彼らの出身地から慣習、生活や人間関係の理解の仕方、さらに宗教の理解の仕方をもちこんでいた。カタルーニャはきわめて宗教的な社会であったが、移入者たち全体もまたそうであった。しかし、理論的にはすべての者がカトリック教会に属していたものの、彼らの宗教との関係は、仏教がイスラームと異なるぐらいに違っていたのである。

カタルーニャにやってきたばかりの者たちは、ほとんど異端的な宗教観をもっていて、神性を擬人化して、はやしたてたりほめそやしたりしていた。そして奇蹟を信じ、大仰な身振りや歌で信仰心を表明していた。そして、聖職者をまったく尊敬していなかった。その反対にカタルーニャ人は、黙した宗教を実践していて、その土地や家の聖母や聖人に帰依して、宗教儀礼を厳しく守り、聖職者を敬っていた。

決して明らかなかたちでは現れなかったものの、こうした差異はきわめて深遠な裂け目を生み出した。差異の結果としてカタルーニャ・ブルジョワジーは、集団を閉ざして、同族結婚に走り、自分たちと異なる人びとや実践の侵入を遮蔽した。カタルーニャ語は、その社会的障壁を強めるのに役立った。それ以来、カタルーニャには二つの共同体が共存したが、お互いの接触はほとんどなかった。たしかに進歩はより浸透性を強めたが、二つの共同体はいまなお存在し続けている。移入者の共同体の構成員、とくに第二世代の者は、障碍《がい》なくカタルーニャ共同体に入ることができるが、そうするためには出自の共同体を放棄しなければならない。今日、カタルーニャの主権を唱える独立派の隊列には移入者の子孫が数多く加わっている。だが、これらの子孫はカタルーニャ化しており、厳密なカタルーニャの伝統に属さないものは拒む。

根底的にカタルーニャ社会は、昔からのものであれ同化したものであれ、閉鎖的社会であり続けていて、多くの様相において停滞している。この点において、マドリードや、南北アメリカの諸都市の社会と大きく異なっている。あらゆる社会に大きな社会階級間の差異が存在し、人びとは隔てられた階層のなかで暮らしている。あらゆる社会で移入者はゲットーを形成し、機会があればマフィアも形成される。しかし、マイノリティが並置されていて、人種差別を除けば、権力への接近も可能な社会もある。カタルーニャには、フランスやイギリスのように、元からの人びとの、いわば核が存在していて、その他の集団は、その核の軌道上を動いているのである。当然ながらこれは、きわめて複雑な現象を粗っぽく単純化したにすぎない。ただ私は、カタルーニャ社会がどのように構造化されているか、あるいはごく最近までどのように構造化されていたかについて一つの考えを提供したいのである。さらに言えばカタルーニャ社会が現実にどのようにあるかというよりも、カタルーニャ社会が自らをどのように見てきたかを示したいのだ。

## カタルーニャ社会の起源

近代カタルーニャ社会は、一九世紀を通じて現れた産業・商業ブルジョワジーを中心に形成されている。かつては封建制度を構成する貴族たちがいたが、近代化のなかで衰退して、ある時期から過去の遺物となった。その過去の輝きは、廃墟となったいくつかの城砦や狭苦しい都市の館として残っていた。結局、カタルーニャで記念物となるものは、教会の遺産であり、いくつかの中規模のカテドラルと、豊かなロマネスクとゴチックの教区教会群であった。ブルジョワジーが祖国カタルーニャを再構築しようとしたとき、消えかかった半ば架空の過去に相応しい記念物を築こうとすると、近代主義建築家のファンタジーに頼るしかなかったのだ。こうして、ドラゴン、面頬付き兜、紋章、ワーグナー〔ドイツの作曲家、中世を題材にしたロマン派歌劇を著す〕的な幻想の詰まった奇抜な建物群が生まれたのであり、それらは現在では、予期せぬ観光的魅力となっている。これはおとぎ話のカタルーニャであって、その想像界は正真正銘の武勲伝説をはるかに超えていた。ローエングリン〔一〇世紀を舞台にしたワーグナーの著した歌劇の主人公〕はカタルーニャ人であったとか、パルジファル〔ワーグナーの著した同名の歌劇の登場人物〕はムンサラット修道院〔カタルーニャの聖地〕で聖杯を見つけたとか見つけなかったとか、などというのだ。一方、ジャシン・バルダゲーは、カタルーニャの歴史的遺産に想像上の土地を加えようとして「アトランティス」の詩をつくり上げた。

こうした虚構はカタルーニャに限ったことではない。何世紀にもわたって大国の陰で暮らしてきたほかのヨーロッパ諸国も、ウィーン会議〔フランス革命とナポレオン戦争終結後のヨーロッパの秩序再建と領土分割を目的として、一八一四年に開催〕とナポレオン戦争の廃墟あるいは中欧の帝国崩壊の結果生まれたロマン主義の時代に、それぞれのアイデンティティ意識を獲得した。ハンガリーやベルギーのケースがそうだったが、いまや驚くべきことだが、ドイツも同様であった。ドイツは、当時は中小の諸国からなるジグソーパズルで、いくつかの国はオペレッタ〔軽歌劇〕の対象になっていた。というのも、ドイツの統合がなったのはようやく一九世紀末だったのだから。

ちなみにこうした作為は、カタルーニャの外では誰を納得させることもなかったし、カタルーニャ人でも半信半疑だった。このような手法に頼ったほかの諸国も同様であった。フランスのロワール川の古城に対抗してバイエルン王国〔一九世紀に存在したドイツ南部の王国で、かつて神聖ローマ帝国に包摂された領邦国家の一つ」のルートヴィヒ二世は派手な城を築いたが、これが思わしくないのを見て失望したドイツは、ここでは省くが、結局はさまざまな戦争を仕掛けたのであった。ほかの中小諸国も、かつての神聖ローマ帝国の系譜たるオーストリア・ハンガリー帝国に匹敵することはかなわなかった。

しかしながら、現在の目からすると、当時は侮られていたが今日では歴史の鍵の一つとなっている大掛かりな取り組みを評価する必要がある。すなわち、近代化である。

カタルーニャは、基本が農業で、多くの点で後進的で、慢性的に貧しかった地方から、商工業の繁栄した中心地帯、活発で創造的な社会へと変わった。そしてバルセローナ市は、それまではぱっとしなかったのだが、善かれ悪しかれ、スペイン全体の歴史に多くの影響を与える主都へと変貌したのであった。

こうした企てを成し遂げた社会であったのに、カタルーニャが自分を誇りに思わなかったのにはいくつかの理由がある。

最初の理由は、工業化があの有名な「インディアノ」〔スペイン領アメリカ、つまりインディアスで財をなした人びと〕によってアメリカ植民地で蓄積された資本のおかげで可能になったということである。インディアノによる起業については、これから研究され叙述されねばならない。しかしながら、この起業は新組織王令〔一八世紀初めのスペイン王位継承戦争でハプスブルク家のカールの側に立ったカタルーニャは敗北して、新組織王令によってこれまでの政体上の特権を喪失した〕のおかげで可能となったと言える。この王令によってスペインは、フランスのような中央集権国家となり、結果としてカタルーニャ人にも、それまではカスティーリャ王国のいわば私的保護区域であったアメリカとアジア南東部の植民地で活動する可能性を与えたのであった。スペイン王位継承戦争でのカタルーニャの敗北が、まさにその幸運と再生の起源となったことは、気持ちの良いものではなかった。確かに敗北は否定できないが、その結果の総括は意見が分かれる。新たなブルボン王家は中央集権主義をもたらしたが、啓蒙専制主義ももたらしたのであり、その点では良かったと言える。カール大公〔ハプスブルク家支持派の王位請求者〕が勝利したとすれば、スペインはハプスブルク家の影響圏に置かれていただろう。ハプスブルク家はブルボン家と同様に中央集権的で専制的であったが、啓蒙主義的ではなかった。いずれにせよ、このことは、不毛な思弁の対象ではなくて、歴史研究の対象として考察されなければならない。事実は、あくまでも事実なのだ。

カタルーニャ人たちの植民地〔スペイン領アメリカ〕での冒険は、英雄的であるとともに痛ましいもので、そこには思い出すのがはばかられるようなエピソードもあった。彼らはあとから植民地にやってきて、やり方に注意を払うことをせずに失った時間を取り戻そうとした。カタルーニャの資本蓄積は、奴隷の犠牲の上に成り立った。そしてカタルーニャ人たちは最後まで奴隷制廃止に異議を唱えた。

これは、一九世紀スペインの枠組みにおいても反動的態度であった。

同じく、産業化は、それを実現したほかの諸国と同じようにカタルーニャでも大きな社会的軋轢をもたらした。この大変容は労働者への搾取を代償として実現したのであり、どうしても労働者の集団的反動を引き起こさざるをえなかった。そこから生じた軋轢には、しばしば激しい暴力が伴われた。これは休戦協定のない醜い戦いとなり、何十年にもわたって続き、スペイン内戦のあいだに残忍さの頂点に達した。そして少し表面を剝げば、それはいまなお続いている。集団で行動すればストライキや暴動を組織することのできる、また、個人行動を選択したときには、リセウ大劇場の客席に爆弾を投げこんだり〔一八九三年、バルセローナの同劇場でのアナーキストによる爆弾事件で二〇人余りの死者を出す〕、聖体祭の宗教行列の山車に爆弾を投げつけたりもする〔一八九六年、バルセローナのアナーキストによる爆弾事件で、一三人の死者を出す〕多勢の敵と戦うために、カタルーニャ・

ブルジョワジーは、病いそのものよりも悪い結果を生む二つの薬物治療に訴えた。一つは、いやな事柄はスペイン国家の手に委ねたことである。二つは、対抗者と同じ方法、すなわちあらゆるかたちの暴力を行なう警察をつくったことである。

結果、勝利したものの代償は大きく、脆弱な勝利であった。カタルーニャの産業革命は、公安秩序を維持し、より強力な外国産業との競争を避ける保護主義的法令を公布してもらうために、大きく中央政府に依存した。この保護主義は、道義的には良かったが、経済的には悪かった。カタルーニャ工業はつねに不安定であった。大きな努力と大きな犠牲の上にでき上がり、維持された。「カタルーニャでは祖父が工場をつくり、息子が大きくし、孫が破滅させる」という皮肉な寓話は事実に反する。確かなのは、こうしたタイプの企業では収益が上がってもわずかであり、損するときには大きく損するということだ。カタルーニャ・ブルジョワジーが富を享受する機会はわずかであった。獲得したものを維持するためには、一生懸命働き、絶えず投資を行ない、風向きが変わらないようにと祈りを捧げねばならなかった。

## 語られることのないカタルーニャ・ブルジョワジー

国をつくり上げるために使った手法をあまり明らかにしたくないというカタルーニャ・ブルジョワジーの欲求には、別の要因もあった。それはあまりはっきりしなかったが、長期的には同じように有害なものだった。ほかの西洋諸国と同じようにカタルーニャのブルジョワジーも良い評判を得なかった。敵のあいだでは当然そうだったが、自分たちの構成員のあいだでもそうだった。不自由なく生まれ育ったブルジョワジーの子供たちは、いつも決まって父親たちを軽蔑し批判した。家族の伝統を打ち破ってボヘミアンの暮らしに飛び込むのは、好ましいこと見られていたのだ。織機やセメント工場についての詩を書く者は誰もいなかった。激しい労働者弾圧を描写するため以外には、工場を描こうとする者はいなかった。カタルーニャ文学においては、作家たちはブルジョワジーの出自であり、その階層に向けて執筆しているのだが、ブルジョワジーについての判断に関しては見解が一致していたようだ。ジュゼップ・マリア・ダ・サガーラ〔カタルーニャの詩人・小説家、一八九四〜一九六一年〕は、自分が属する階層がはらんでいる悪弊を非難し、ナルシス・ウリェー〔カタルーニャの作家、一八四六〜一九三〇年〕、マルセー・ルドゥレーダ〔カタルーニャの女流作家、一九〇八〜八三年〕も同様であった。ラ・クルメータ〔マルセー・ルドゥレーダが一九六二年に発表した小説『ダイアモンドの広場』の主人公ナタリアのあだ名。彼女はスペイン内戦前から内戦後の時代を生き、さまざまな辛苦を味わう〕のように苦しんだ者たちだけが、いささかの同情を受けるのだった。都市部を離れアンプルダー〔カタルーニャ北東部の自然の豊かな地帯〕の優しい景観に浸ることでのみ、ジュゼップ・プラ〔カタルーニャの作家、一八九七～一九八一年〕のとげとげしい皮肉は和らげられた。

このような批判的見解は、倫理的姿勢から来るもので、私たちには当然と思えるが、過去のほかの時期とは対照的である。確かにブルジョワのシステムには多くの弊害があると言える。このシステムが生み出し、その支えとなり、口実となっている民主主義についてもそうである。しかし、王政、貴族、あるいは軍隊にも多くの弊害があると言える。にもかかわらず、これらの制度は文学、絵画、そして音楽による、ふさわしくないほどの称賛をあびてきている。

こうした現象は、もちろんカタルーニャだけのことではない。多くの事柄についてと同様にこれについても、抜け目のないカタルーニャ人は、フランスのモデルに従っていた。しかし、バルザック、ゾラ、その他の多くの人たちによって激しく非難されても、フランスには過去の栄光と現在の輝きがあって、そこに慰めを見出すことができた。しかし、カタルーニャはそうではなかった。不名誉と思われるものを隠すためにカタルーニャ人たちは、その想像力と芸術的才能を駆使して、社会がそうあってほしかった過去を発明することに腐心した。劇場的な建築、あまり信憑性のない中世の武勲、そして輸入されたパルジファル〔47頁を参照〕が夢の土台となった。これには誰も納得しなかったが、そこにあることを誰も思い出さなくなったころ、奇矯なツーリズムによってそれは再発見されたのであった。いまここで明記しておきたいが、ほんの少し前までサグラダ・ファミリア教会〔バルセローナのシンボルとなっている、ガウディの設計した贖罪教会で、いまだに未完〕はそのまま放置されており、石切り場〔ガウディの設計した、このあだ名をもつバルセローナの建築物「カザ・ミラー」〕。一九八四年にユネスコの世界遺産となる〕にはビンゴ賭博場が入っていた。そして、カタルーニャ音楽堂〔ドゥメナク・イ・ムンタネーが設計した近代主義のコンサートホール。一九九七年にユネスコの世界遺産となる」はその取り壊しが真剣に議論されていた。しかし当時これらの建物はおそらく非凡な試み、過去を再発見しようとする純真な試みだったのである。それ以来、歴史をときの都合に合わせる習性が、カタルーニャ・アイデンティティの特徴となった。

本当の過去が厳しかっただけに、理想的過去を求める態度は理解できる。理解できないのは、カタルーニャ・ブルジョワジーが自らの教育を放棄してきたことである。マナーについて言っているのではない。その優先順位が高かったことはなかった。言いたいのは、手に入れた利益を永続化し、それを生み出した者たちの手にとどめることのできるエリートの形成についてである。フランスのグランゼコール、イートン・カレッジ、ケンブリッジ大学、ハイデルベルク大学の例にならって、大学ないし研究センターを生み出すことをしなかった。あるいは、デウスト大学〔スペインのバスク地方の大学〕でもいい。教育は修道会の手にとどまった。修道会は、保守的で中身のない非科学的な心性しか涵養しなかった。大学〔バルセローナ大学〕は古臭くて官僚的なスペインの大学システムの附属物でしかなかった。わずかだが進歩的なイニシアティヴが下層の人びとから生まれたが、彼らが仕えるべく運命づけられていた人びとはこの動きをうさん臭そうに眺めたのである。芸術・知識の形成のためのほかのセンターもまた教会の手中にあった。ムンサラット、リポイ、プブレットの修道院、聖リュック芸術センターなどがそれであった。

## 原罪としてのバルセローナ

一九世紀末までバルセローナは、カタルーニャの事実上の主都であった。だが外から眺めると、誰もそうは言わなかったろう。権力をもたなかったし、文化を発信することもなかった。外国人訪問者の証言は落胆ものであった。ピレネー山脈の向こうからやってくるには国境に近かったために、大部分が仕方なくバルセローナを通過した。その描写は短くかつ諦念に満ちていた。バルセローナは、ヨーロッパでもスペインでもなかった。魅了するものもフォークロア的なものも欠けていた。そして、窒息させ不健康にさせる市壁に囲まれていた。登場し始めた工場が、このパノラマを改善することはなかった。

だからと言って、というよりもそれだからこそ、バルセローナは前進することになった。失うものはほとんどなく、すべてが得られるべきものであった。産業革命と手をつないで、近代化に賭けるしか術《すべ》がなかったのである。原材料や製品の出入りのために、スペインで最初の鉄道が敷かれた。工場を動かすには電気が必要で、そのついでにバルセローナは、スペインで最初に電気の照明をもつことになった。こうしたことが次々と起こった。

都市が成長し近代化されると、それに附随する変容が起こった。近代主義が、爆弾と暴動のただなかで進行した。少し前にはエスパルテーロ将軍がバルセローナを砲撃していた〔一八四二年の都市暴動に対抗して〕。そして、流行となる言葉をおそらくは発したのである。「五〇年ごとにバルセローナを砲撃する必要がある」と。この言葉が本当だったとしても、決して分離主義を念頭に置いたものではなかった。暴動は経済的性格のものであり、カルリスタ戦争〔スペイン王フェルナンド七世の弟カルロスが姪のイサベル二世の即位に反対して起こした内乱で、基本的には絶対主義派と自由主義派の対立として一九世紀を通じて三度にわたって起こった〕と関連していた。これは、不安定な状況で動乱の時代を生きていた都市の証言であった。いずれにせよ、この出来事は、カタルーニャに固有というよりも、ある時代と経済システムに特有であった問題に対処できない、交代を繰り返すスペイン政府の困難さの証言であったのだ。

しかるべく状態が落ち着いたら都市は、社会に自らを提示しなければならなかった。躊躇なく、一八八八年の万国博覧会が組織された。これは、万国博覧会の歴史のなかではほとんど重要ではなかった。しかしそれがもった価値すら、これまで与えられてこなかったのも事実である。私的であれ自治体機関であれ、この事業を動かしたのがいずれであったにせよ、確かにこれはローカルなイニシアティヴ、つまりバルセローナをヨーロッパの大都市の仲間に入れようとする大胆な企てであった。当時の新聞を読むと、バルセローナの人びとが、ほかの都市と比べて奇妙なことをしでかすのではと恐れて、悲観的になっていたことが分かる。結果は悪くはなかったものの、はっきりと良かったというのでもなかった。重要であったのは、セラピスト的な態度を超えて、模範的な都市計画と、一五〇年のときが経過すれば非常に利益を生むことになる派手な建築を推し進めたことである。同じような企てであった一九二九年の国際博覧会は、相対的には失敗に終わったが、その原因は、コンクール組織によりも歴史状況にあった。この種の博覧会の多くと同じように、面白い娯楽的な標石がいくつか残された。モンジュイックの丘には、照明つき噴水、画趣に富むスペイン村、再利用の困難な建物群が見られる。三番目の企ては、これまでの予測をはるかに超える成功を収めた。一九九二年のバルセローナ・オリンピックである。これがもととなり、都市の変容のおかげで、バルセローナは周縁的な都市から世界的に有名な都市となった。一九世紀半ばに始まった艱難辛苦は、はっきりとした勝利へとつながったのである。

しかし、この勝利にまどわされてはいけない。カタルーニャ人の想像界のなかでは、バルセローナは不快に近い場所であり続けている。あるときには野望によってアナーキズムのような暴力的なイデオロギーが根を張ったところであった。かつての「火のバラ」の地である〔二〇世紀初めにアナーキストたちはバルセローナをこう呼んで、民衆の怒りの爆発的な土壌であるとした。一九〇九年には「悲劇の一週間」と呼ばれる事件が起こった〕。バルセローナは、つねに罪の巣窟であった。輝いていたときでさえバルセローナは、理想のカタルーニャとは遠かったし、いまもそうあり続けている。カタルーニャ人の潜在意識には、農村のカタルーニャがノスタルジーとして存続している。それは正真正銘の、カタルーニャ民族の本質を表すものなのだ。今日のグローバル化、ソーシャルネットワーク、そしてファイナンシャルエンジニアリングの時代においても、地方の山脈や渓谷、漁村を崇めている。そうして、バガリーア〔カタルーニャの伝統的な地方区分の単位〕の公式代表を前にして、カタルーニャ自治州政府首相は震え上がるのである。

世界中の人びとの目に魅惑の真髄と映るようなバルセローナの輝かしい成功が、主権を唱える独立派運動の激化と一致しているのは偶然ではない。この運動は、多くの意味で、バルセローナという技巧的都市はわきに置いて、農村のカタルーニャ、真のカタルーニャに主役を取り戻そうという願望なのだ。

バルセローナ自身にも少しは罪がある。産業革命はバルセローナだけに起こったのではなく、カタルーニャ領域の多くの場所で起こった。リュブラガット川流域地帯、そしてマタローー、マンレーザ、サバデイ、タラーサ、グラヌリェースといった比較的人口の多い都市でもそうであった。だが、これらのいずれも、バルセローナに与えられたような関心や保護を受けることがなかった。ほかの時代の記念物がなかったし、その様相を改善するための配慮はほとんどなされず、活気ある力強い地方都市に値するような文化的、知的、芸術的、あるいは娯楽的なインフラが整備されることもほとんどなかった。現実であれ虚構であれ、進歩と文明の悦《よろこ》びを生み出したり享受したりするには、バルセローナに移住しなければならなかった。どこかに極端な中央集権主義があったとすれば、それはカタルーニャである。バルセローナはつねに下位の諸都市を蔑《ないがし》ろにし、これらの都市はバルセローナに同じことをした。近代化がますます進み、交通がより便利になるにつれて、逆に、地方のいくつかのイニシアティヴにもかかわらず、主都とほかの諸都市との距離はますます離れていった。バルセローナはますますコスモポリタンな都となり、小都市はますます自らに閉じこもっていったのである。

## カタルーニャ人の性格

カタルーニャ人の性格については、ほとんどいつも陳腐なやり方で、さまざまに思い描かれている。「セニィ・イ・ラ・ラウシャ」〔カタルーニャ人気質を語るときの用語で、「分別と激怒」の意〕は、何も意味しない。それは訳もなく使われる冗語で、皆を満足させるだけである。一般的には、カタルーニャ人は生来、勇敢ではないが臆病でもないという意味だ。大胆さを引き出すには彼らを挑発すればよいというのだ。

当然ながら、個々人はそれぞれだ。確かなのは、育てられる環境、受ける教育、見聞きする例が、それぞれの行動の仕方に影響を与えるということである。この意味では、私を含むカタルーニャ人についてもいくらかの一般化を行なうことができる。カタルーニャ人は、おおむね慎重で思慮深い。冒険的にもなれるが、やろうとすることを分かった上でであって、非合理な衝動によってではない。ごくわずかの例外はあるが、勤勉である。金持ちで甘やかされた若者、いわゆるお坊ちゃんでさえ、有能な専門的技量を有していて、ときには行き過ぎてしまうほど勤勉である。すべての者が、頭のなかに仕事の計画を入れている。おそらくそのために、私たちのあいだには詐欺師や空想家が多い。いつもうまい商売をやり遂げかけている者、非常に独創的な良い考えをもっている者、あるいは裁判沙汰になって駄目になる者などである。

カタルーニャ人は生来、臆病でユーモア精神をもっている。この二つが両立している場合も多い。きちんと考えるが、その思考が遠くにまで及ぶことがない。むしろ実践的なのだ。一般理論や抽象は彼らを退屈させる。バイリンガリズム〔二言語併用主義。この場合、国家公用語のカスティーリャ語とカタルーニャ自治州固有の公用語のカタルーニャ語を駆使すること〕は、彼らに言葉を学ぶよう仕向ける。しかし、この条件そのものが華麗に話すことを難しくしている。カタルーニャの知識人の多くは、自分を表現しようとするときに完全に支離滅裂になってしまうことがある。もしそれが欠点だとすれば、このことで彼らの臆病さは増している。カタルーニャ人は公衆の面前で話すのを嫌う。話すのを余儀なくされると、当惑し、多くの場合、どうやって話を終えるのか分からなくなって、耐えがたいほどに長引かせてしまう。ひらめきがあり、冗談を語るのがうまい。スペインのユーモア作家の多くが、知られてはいないがカタルーニャ人であったし、いまもそうである。

しばしば主張されるのとは反対に、カタルーニャ人がとくに望郷の念に駆られやすいわけではない。旅行が好きで、できるならばしばらく外国で過ごすし、どのような環境にも適応する。移民を強いられると、喪失のトラウマを引きずり、とりわけ、ときとともに理想化してしまう祖地へ戻れないことを嘆く。だがこれは、ほとんどすべての亡命者に起こることだ。「移民」と題された歌(「麗しきカタルーニャよ、私の心の祖国よ、お前から遠ざかっている者は郷愁の思いで死にそうだ」)は、とくに感傷的というわけではない。カスティーリャ語話者にも同様のものがある(「さようなら、私の愛するスペインよ、私の心におまえを入れていく」)。敗北を記念しているというのも正しくない。民族の日〔ディアダ・ナシオナル〕とされる九月一一日〔スペイン継承戦争でフェリーペ五世即位に抵抗したバルセローナは、一七一四年九月一一日に陥落した。一九世紀末以後この日は「民族の日」とされ、現在はカタルーニャ自治州の祝日である〕は、一七一四年に被った敗北を記念しているのではない。単純に、年ごとに、失われたチャンスを想い起こしているのだ。

カタルーニャの女性たちは聡明である。農村を起源とする家父長的な家族制度のために、伝統的に女性が家政と子息の教育を担ってきた。この二つの活動は、かなりの権威を必要とする。カタルーニャ人男性は女性の言うことを大いに考慮する。重要であれ些細であれ自分の近くの女性に相談することなしに、決定を下すことは滅多になく、文句も言わずに、その忠告に従う。最近では、カタルーニャ人女性は高等教育を受けて、調査研究や経営管理を含めてあらゆる分野で優れた職業人となっている。また大きな責任を負える有能な企業家にもなっている。政治においては強烈だ。しばしば他人の愚かさに忍耐力を失ってしまう。

このような気質的特徴のせいで、カタルーニャ人たちはフランコ体制のあいだにひどい差別を受けた。この点については詳細な分析を行なった方がよいだろう。というのも私の考えでは、このことは一見される以上の重要性を帯びているからだ。

## フランコ主義者が思い描いたカタルーニャ人

あらゆる権威主義的政治システムは、牧歌的世界のイメージをつくりだそうと努力する。そのシステムが良いとされるならば、いかなるかたちの反乱も馬鹿げたことになるからである。さらに、こうした牧歌的見方が、権威主義的人物そのものに内在しているからである。ヒットラー自身、ハイジの物語を描けるようなドイツをイメージしていた。度を過ぎた権力には何か幼児的なものがある。フランコにあっては、知識人の参与がわずかであっただけ、この傾向が強まった。

フランコ主義の妄想（とくにファシスト起源の）のなかでは、スペインは、それぞれに特異な気質、慣習、民俗をもつ互いに非常に異なる地域からなるジグソーパズルであった。このように役割が配分されているなかで、カタルーニャにはあまり嬉しくない役割しか与えられなかった。というのもおそらくは、それを決めた者がカタルーニャにあまり親しみを感じていなかったからである。

このステレオタイプに従うと、カタルーニャ人は勤勉だが、表現するのが下手で、かなり強欲である。マナーはなっていない。そのイメージは太鼓腹で、中年で、禿で、にこやかな顔で、ラ・モレネータ〔カタルーニャの聖地ムンサラット修道院に安置されている黒いマリア像〕への信心が篤く、生まれてからずっとバルサ〔バルセローナをホームタウンとするプロサッカーチーム〕の熱狂的ファンである。愛嬌があり怠惰なアンダルシーア人、気取ったマドリード人、鷹揚だが頑固なバスク人、強情なアラゴン人、利口だが具体的でないガリシア人といった描写と比べると、この風刺画は最低かもしれない。

この痛々しい戯画化の悪い点は、それがほとんどカタルーニャ人によって自分のものと受け止められていたことである。フランコ独裁の長年にわたって、事態に満足していたブルジョワジーは、機嫌よく愚かな模倣を行なっていた。しかも、自分を似せようと努めていることに気づきもしなかったのである。カタルーニャのユーモア作家たちは、フランコ主義とその虚構に明らかに反対のイデオロギーをもつ者も含めて、このステレオタイプを固定させるのに貢献した。カタルーニャ人のアクセント自体が笑いの種になった。風俗コメディーでカタルーニャ人が登場すれば、滑稽な人物として扱われていることを大衆は知っていた。

当事者の側のこうした受容は、カタルーニャの人びとが我が家の外で役割を演じることを余儀なくされたとき、辛辣なものになった。カタルーニャの商売人が、取引や仕事でマドリードやほかのスペインの都市に行くと、友好的に喜んで受け入れられたが、それは彼には屈辱であった。

なぜならば、心の奥では、古臭いスペインにとっては、カタルーニャ・ブルジョワジーは相変わらず小商人であり、金持ちにはなったがありきたりの物売りであって、醜い言葉で訳の分からないことをしゃべり、ふさわしくない場所に立ち入ろうとする者であった。

この小さな苦難の十字架の道から、最近の出来事の弊に陥ることになる二つの結果が生まれる。一つ目は、カタルーニャ・ブルジョワジーが、スペイン（そのステレオタイプはカタルーニャ人にも受け止められている）と関連するものにはすべて冷淡なことである。このブルジョワジーの代表者たちは、ブルジョワジーそのものの撲滅を含む綱領をもつ革命的党派と結びついている。こんなことは、恨みつらみという要因を考えなければ、とても理解できない。二つ目の結果は、もっと奇妙である。独立主義の人びとの多くがフランコ主義のステレオタイプの保持を潜在的に望んでいることだ。より近代的でコスモポリタンだが確かにややわざとらしいイメージに対して、こちらのステレオタイプの方がより馴染みがあり要求されることも少ないからである。

実際、存続しているのは、かつてフランコ主義が押しつけ、そしてカタルーニャを含めたスペイン社会がいまだに脱皮できていない、政治的現実の理解の仕方である。おそらくそれは、そのために必要な精神的訓練が行なわれなかったためである。こうした努力はいまだ私たちの文化に即しておらず、他方、自分たちのなかにつくり上げた虚構は私たちに心地よいからである。なぜならば、ほとんどすべて言い訳に使えるからだ。

## フランコ主義的民主主義か？

民主主義は、フランコの眠りを妨げる悩みの種で、彼の長い不眠のせいでほとんどそのまま私たちに伝わることになった幻影である。

民主主義の夢とは、それがあらゆる問題を解決するための魔法であるかのように、それを引き合いに出せば事足りる高等な状態だと信じることにある。しかし決してそうではない。社会の生活は厳しい。民主主義は、恣意性や権力の乱用を和らげるためには何らかの頼りにはなる。だがそれ以上ではない。それは、ほかと同様に、一つの体制の容赦ないルールにすぎない。

というのもこの数週間に起こった出来事〔二〇一七年一〇月一日のカタルーニャ自治州政府による「住民投票」強行とそれに付随した混乱〕では、無邪気としか言いようがないやり方で民主主義が引き合いに出された。自治州政府はカタルーニャの独立を人民投票にかけるために拘束的な性格をもつ住民投票を組織した。スペイン政府はたびたび警告を行なった後、この住民投票が事実として実現するのを妨げる措置をとった。ここで私は、この措置が適切だったか、時宜に適《かな》っていたか、あるいは相応しいものであったかは議論しない。明らかに打撃を与えようとするものであり、ときには、どこであれこうした介入がしばしばそうなるように、暴力的であった。私がここで指摘したいのは、投票するといった単純なことを人びとが行なうのを警察が妨げたと言って抗議すること、あるいは、平和的な精神、投票所に向かった人びとのお祭り的とも言える精神を強調することの不適切さである。明らかに人びとは単に投票箱に用紙を入れるという意味で投票したのではなく、国家からの独立という最大限重要なことを決定するために投票していたのである。法の目から見れば、法の違反者が善意であったかどうかには酌量の余地がないことは明らかだ。そして、深刻な危機の時期に〔二〇〇八年のリーマンショック以後カタルーニャも、長いあいだ経済不況に苦しんだ〕身寄りのない老婆が住む家を追われること〔都市部ではローンないし家賃を払えない人の強制立ち退きが社会問題化している〕に何のためらいももたなかった体制は、別の老婆が自分の意思で、はっきりと禁止された投票に参加するのを妨げるときにも何のためらいももたないだろうことも明白だ。こうした明らかな事実が民主主義の旗印のせいでぼやけてしまったに違いないと思うと、民主主義の概念がどこまで社会の精神に魔法のように浸みこんでいるかが分かる。なぜならば、状況的戦略の意図をもって、政治家や一部のメディアがこれを引き合いに出している可能性があるからだ。だが、この考えは、カタルーニャやほかのスペインの多くの人びとによって誠実に共有されてきたし、いまもそうであることは確かだ。

フランコ主義の最終的な清算は、彫像やプレートやシンボルの撤廃や、歴史的記憶という包括的名称でもって知られる一連の手段〔二〇〇七年に制定された歴史的記憶法によってスペイン内戦とその後の弾圧の犠牲者の名誉回復を進めるとともに、弾圧を正当化する象徴物の撤去を進めている〕によって実現するものではない。現実を覆い隠さないならば、こうした手段は素晴らしい。だが、あるシンボルを別のシンボルでもって攻撃するのであれば事態はあまり改善されない。シンボルはそのまま置かれた所に残しておいて、もしそれがいまだ何かを意味するのであれば、その意味するところのものを攻撃する方が賢明なのではないだろうか。しかしもっと重要なのは、フランコ主義から継承した夢から覚めることである。それは、いまなお多くの人びとが取り組もうとしていない課題である。

# スペインのなかのカタルーニャ

容赦ない歴史の変転がそのように決めたからには、事態はあるがままであると、これまでに述べたことから推論されるかもしれない。私がそのような印象を与えたとすれば、私が払った努力は失敗に終わっている。なぜなら、まさに反対のことを言いたいからである。カタルーニャとスペインの関係が違った道を歩むことができた機会は、いくつもあった。実際には、設問そのものが正しくない。カタルーニャとスペインとの、あるいは場合によってはスペインのほかの地域との関係ではなく、むしろある時点でのカタルーニャの利害とスペインのときの権力の代表との関係が問題なのだ。たとえば、フランコ体制下でうまくいっていたときには、協力はよどみなく、両者にとって利益あるものであった。一九六〇年代のスペイン経済の発展計画は、ジュアン・サルダー、ラウレアノ・ロペス・ロドー、ファビアン・アスタペーといった人物〔いずれもカタルーニャ出身の政治家〕の上げた大成果であった。発展計画はスペイン経済を推し進め、人びとの生活状態を改善した。同時に、フランコ体制の確立に役立ち、あと一〇年間はもちこたえるように力を与えた。すべてを求めることはできないのだ。フランコ死後の民主化移行期の当初にもスペイン政府へのカタルーニャ人の参加は、数多く重要であった。ほかの機会にも同じような協力がなされえたのかもしれない。しかし、カタルーニャ・ナショナリストはこうした方向への明確な意欲をもちあわせなかったようである。

冷淡さは、個人間の敵対を助長した。少しでも分析すれば、この敵対には根拠がないと分かる。スペイン政府が手腕を発揮すれば、カタルーニャは恩恵を受けたし、そうでない場合には、ほかの自治州と同じようにカタルーニャも不利益を被った。しかしながらカタルーニャの独立主義は、マドリードという抽象物はカタルーニャにかかわるすべてに対して公然たる敵意をもっているという幻想を煽ることで力を得ていった。被害の多くは、全部であれ部分的であれ確かである。権力が存在する中央と周辺部とのある程度の不平等は避けがたい。しかし、大げさに腹を立てる必要はないのだ。経済がすべてではなく、離れていることには利点もある。世論調査によれば、多くの人の判断では、マドリードよりもバルセローナの方が人びとの暮らしは良いのである。

この意味で、現在の状況をフランコ主義の時代と比較するのは、ときには受け入れがたい極端に走る歴史的抽象化である。良いか悪いかは別として、合法的に築かれた現在のスペインの政府は、クンパニィス〔内戦末期のカタルーニャ自治州首班でフランスに亡命したが、ゲシュタポによってフランコ独裁政権に引き渡されて、一九四〇年に銃殺刑に処された〕を銃殺した政府ではない。確かにフランコは彼を銃殺したが、それはカタルーニャ人であったからではなく、敵であったからだ。フランコは、アサーニャやネグリン〔それぞれ内戦期のスペイン第二共和国側の大統領と首相で、ともにフランスに亡命〕にも慈悲を見せることはなかっただろう。クンパニィスは不運であったが、不運にメリットがあるわけではない。今日においてクンパニィスの名前を、現在との類似性を引き出すために意図的に利用するのは、卑しさ以外の何ものでもない。それは、あらゆる尊敬を集めるべき犠牲者クンパニィスを不当に利用しているからである。

スペインからカタルーニャが独立するという願望を正当化する実際的理由は何もない。比較的に、そしていずれにせよ、スペインは決してひどい国ではない。もっと良い国になりうるだろう。しかしカタルーニャは、力ずくで解放されても、新たな共和国〔スペインは一八七三～七四年に短命の共和国を、一九三一～三九年に内戦に陥った共和国を経験している。もちろんそこには多くの理想が含まれていたが、安定した政府樹立にはいたらなかった〕の支持者が喧伝するような楽園になるとは思えない。北朝鮮やIS（イスラーム国）、あるいは古い冒険小説から出てきたかのようないくつかの国のような度を過ごした冒険を企図するのでなければ、現在の国家単位には変動の余地は少ない。実際、もはや国は存在しないとも言える。存在しているのは、混淆が進み、個性を減じ、アイデンティティ（アイデンティティを古くからのものと理解するなら）を失っていく社会である。結局のところ、私たちはかつては国境で課されていた税金を免れる商品の消費者なのだ〔ここでは、EU域内でのヒトとモノの自由な移動が念頭にある〕。

アメリカ合衆国は別としても、ヨーロッパのほかの諸国が達成しているほどには、スペインでもカタルーニャでもこうした混淆は進んでいない。経済的遅れのせいで、私たちの国にほかの人種の移入者がやってくるようになったのは最近のことである。さらに公人のなかに彼らはいない。パリ市長のアンヌ・イダルゴは生まれがスペイン南部のカディスである。ロンドン市長のサディック・カーンは、イギリス生まれだが、パキスタンからの移入家族の出で、イスラーム教徒である。こうしたことは、マドリードでもバルセローナでも、イベリア半島のいかなる場所でもいまだ想像しがたい。しかしながら、こうした移入者は確実に存在しており、数多くの集団を結成していて、非常に目につく。カタルーニャの村々を歩くと、村の入り口には独立主義者の巨大な旗が立っていて、バルコニーには星のついた旗〔カタルーニャの独立派が近年、急速に広めた旗で、黄色地に四本の赤線を引いた伝統的な旗の左側に青地に白の五芒星が描かれている〕が吊るされているのが分かる。しかし、通りには多くのアフリカ人が物売りをしているのも見られるのである。少し前から、アフリカ人、ラテンアメリカ人、マグレブ人、パキスタン人、中国人がカタルーニャにやってきているが、社会のネットワークには入りこんでいない（一部の人たちに不快感を与えてはいるが）。いずれの集団とも同じように、彼らのあいだにも良い人も普通の人も悪い人もいる。生活が不安定なせいで、彼らは周縁的な生活を送りがちである。そして一部の者たちは、法を犯し、投獄されてしまう。ほとんどの者たちは働いており、きちんと振る舞っているが、政治には背を向けている。誰が命令しているかを知らず、政治的議論には興味がなく、投票も行なわない。こうした態度を非難すべきではない。私たちの誰だって、状況によって迎え入れてくれる最初の場所に亡命することを余儀なくされれば、同じように振る舞うだろうし、無関心（口語ではパサール・デ・トドと言う）もまた憲法で保障された権利なのである。いずれにせよ、これらの外国からの移民も、すでに私たちの共同体の一部となっていて、彼らもまた、制度について考える必要がある。彼らに税金の支払いを要求したり、法律や自治体規約を守るように要求したりするときには彼らのことを考えざるをえないのと同様に。だが彼らは、生き延びることばかりを考え、自分の出身国に送金することにしか興味がない。カタルーニャの独立は彼らの利益にならないのは明らかだが、いまのところ彼らは気にしていないようだ。

いくつかの国、とりわけイギリスのような、人種であれ、ジェンダーであれ、宗教であれ、多様性が執拗なまでに尊重されている国ですら、カタルーニャの独立主義者の党派と組織が単色の性格をもつことに関心を払わないのは奇妙なことである。

# カタルーニャの独立

独立主義が現実の運動であることに疑いはない。それは、住民のかなりの部分に深く浸透している。運動そのものは、はるか昔から存在している。集団的記憶がどこまで達しているかという意味でだ。しかし以前は、それぞれの個人の問題であった。一般にこれらの人は中産階級あるいは上流階級に属していて、かなりの教育を受けていた。その論拠にはつねに歴史的理由が挙げられていて、決して財政的問題ではなかった。その望みは実現できそうになかったので、諦念の雰囲気を漂わせていた。ときには抑えられたかたちでだが、怒りが示されることもあった。その姿勢はかなりロマン主義的でいくぶん神秘主義的でもあった。そしてあらゆる神秘主義と同様に、一面では平凡で、もう一面では排他的であった。彼らは他者を拒んだが、それはもっぱらスペイン人に対してであった。彼らはフランス人、ドイツ人、スイス人あるいはイタリア人であることは厭わなかった。ほかの仕方で考える者たちとも親しく共存していた。議論したとしても、それで興奮することはなかった。

このプロトタイプは次第に発展していった。ひとたび民主主義への移行が確実なものになると、つまり、ひとたびクーデターの恐れが視界から消えると、独立主義は、実現可能性を模索する段階に入った。理論的には統治能力を理由に、次々とスペイン政府と巧みな距離を置いた協力を続けるなかで、切り離された存在としてカタルーニャの制度が強化されていった。自治州政府（ジャナラリタット）に依存するメディア、とくにTV3とカタルーニャ・ラディオは、中立的な立場から、戦闘的側面においては、カタルーニャ主権論を流布する機関へと変わってしまった。そしてテレビの場合には、すでに言及したフランコ主義の牧歌的小芝居とほとんど同じような聖家族的カタルーニャの姿をしばしば描くものへと変わってしまった。近年の財政危機のなかで独立派の運動は、人びと、とりわけ危機の痛手を受けてスペインの政治的施策に幻滅した若者たちの不満を吸収するための理想的手段となった。

反対を唱える政治姿勢は、福祉国家のあり方と公平な分配の正義の兆しを罰せられることなく解体している社会経済システムに対してどんな抵抗もできなくなっている時代の一つの特徴である。有権者たちの多くが、罰を与えるために投票する。それは理解できるが、有害な結果になることが多い。うまくいったとしても、不安定につながる。さらに悪い場合には、反対活動をしていたときよりもさらにひどい状態につながるのである。

カタルーニャでは、この傾向が明白である。歴代のカタルーニャの地方政府は、この傾向を悪くは見ていない。なぜなら、成功は自分のものとし、不人気な措置は別者のせいにすることができるからである。ときには、向けられた不満は、汚い問題を覆うために役立つ。独立を唱える最近のキャンペーンでは、スペイン政府の高官たちの腐敗の問題はほとんど取り上げられることがない。なぜならば、それは反発を生むかもしれないからである。カタルーニャ・ナショナリズムの大立者たちは、このおかげで陰に隠れていられるのだ。スペイン政府とその関連機関の頑なで冷淡な態度は、これと結びついている。カタルーニャの選挙ではナショナリズム諸政党が継続的に勝利しており、したがってカタルーニャは、歴代の中央政府から甘やかされる自治州とはなっていない。中央政府にしてみれば、譲歩してもほとんど得るものはなく、カタルーニャ・ナショナリズムは高慢で連帯感を欠いているとみているほかの自治州の有権者たちからは多くの支持を失う可能性がある。ほかの自治州の者たちに言わせると、カタルーニャ人は自分たちの富を再分配しようとせず、さらには、ほかのスペイン人たちより自分たちが勝っていると思っているのだ。これらの地域のいくつかは、貧困のせいで外部へ移住するという厳しい仕打ちを受けている。カタルーニャにやってきたこれらの移入者は、辛酸をなめた。多くの者はカタルーニャ社会に統合された、あるいはカタルーニャで生まれた子供たちを統合させた。だが、これらの地域の人びとは全体として、彼らに仕事の機会を与えた地カタルーニャに対して恨みを抱いており、同時に屈辱感も抱いている。スペインは、和解に適った国ではないのだ。

事態が今日のようになってしまったのには、もう一つの要因がある。一方も他方もともに、事態がそれほど進んでしまうとは、そして分離主義的衝動がこれほどの広がりと活力をもつようになるとは思っていなかったのである。この面では、スペイン政府がもつ責任は大きい。独立主義はわずかの少数者が大切にする実現可能性のない計画だと見なしていた。法と武力をもっているがゆえに、存在しもしないときにはこの問題に取り組もうとはしなかったのだ。だが、いわゆるカタルーニャ問題は、はるか以前から中央政府を悩ませてきた。独自のやり方で解決しようとしたエスパルテーロの時代だけの問題ではなかった〔62頁を参照〕。アサーニャの時代〔第二共和国の時代〕にもそうだった。アサーニャは本来は妥協的な人物であったが、カタルーニャ人たちは彼をひどく苛立たせてしまった。その要求があまりに受け入れがたかったからである。近年にも穏やかで繁栄した時期もあった。その時期に突飛なことに時間を費やしていないで、きちんと事態に対処することもできたはずだ。次のような格言がある。「皆で寄ってたかって女を殺した。死んだのは彼女だけ……」、つまり、事態の責任は皆にあるが、誰も責任をとらないということだ。

いまや展望は暗い。どうしても出口が見えないのだ。なぜならば、どのようにというやり方も、何のためにという目的もわからずに、はるか遠くまで来てしまったからである。最近の出来事を見て、尋ねることはできる。起こっていることが、厳密に構想され実行された計画に従っているのか、思慮分別のない即興なのか、それともこれらの両者の組み合わせなのか、ということである。いずれにせよ、私たちは、どこまで行くか分からない行動と反動の連鎖のなかにいる。誰にも利益をもたらさない緊張に終止符を打とうと双方が望んでいるような印象をしばしば受ける。この緊張は、その立役者たちを疲弊させ、国全体の評判を落とし、短期に修復することのできない明らかな現実的経済損失を引き起こしている。毎晩、国中が、不安を抱きながら、今日のところはさらに悪いことは起こらなかったという惨めな慰めの気持ちで、床に入っているのだ。

この小著を私が書いているあいだにも、事態は次々と変わっている。私はこれを書き始めたが、結末は付けられないだろうと、また、うまく出版されても、そのときには現実からずれているかもしれないと自覚していた。それでもかまわない。小著の冒頭に述べたように、不安に駆られてこれを書き始めたのだ。あらゆるところで多くの狂気の声が上がっているように私には思えていたし、部分的にでも論理的な説明を行なうならば、少しは私の知的不安を和らげるだろうと思ったのである。ほかのタイプの不安は私にはかかわりがない。また私は、自分で書いたことを書いている（「ヨハネによる福音書」一九章二二節には、ピラトの言葉として、「私の書いたことは私が書いたのです」とある）。というのも、然るべき訓練をもっと前にやっておくべきだったと思うからである。その訓練とは、偏見、無知、無理解を前に肩をすくめるのではなくて、自分たちの考えを問題にし、ものごとを自分自身に、そしてお互い同士に説明していくことである。おそらくもう遅いかもしれない。ものごとを考え始めたときには、たいていもう遅いのだ。

# 訳者あとがき

本書『カタルーニャでいま起きていること──古くて新しい、独立をめぐる葛藤』は、Eduardo Mendoza, *Qué está pasando en Cataluña*, Barcelona: Seix Barral, 2017 の全訳である。冒頭には、著者エドゥアルド・メンドサにお願いして寄せてもらった、「日本の読者へ」（二〇一八年七月）を訳出して添えた。

著者エドゥアルド・メンドサは、一九四三年にスペイン北東部のカタルーニャ地方の主都バルセローナ（現在はカタルーニャ自治州の州都）に生まれ育ち、一九六五年にバルセローナ自治大学で法学を修めた。ヨーロッパ各地を旅行し、ロンドンへの留学の機会を得たのち、一九六七年からバルセローナの銀行で法務担当業務に携わった。その後、一九七三年からニューヨークに渡り、国連の通訳・翻訳官として一九八二年までそこに暮らした。この間に作家としてのデビューを果たし、一九七五年に処女作『サボルタ事件の真相』を、バルセローナのセイス・バラール社から出版した。メンドサはスペイン語とカタルーニャ語の完全なバイリンガル（英語の高い修得度からすればトリリンガル）だが、この処女作から一貫して著作活動はスペイン語で行なっている。その後のニューヨーク滞在中も次第に作家としての活動を強め、一九八三年にバルセローナに戻ったものの、生計を維持するためにしばらくはジュネーブやウィーンの国際機関での同時通訳を続けていた。メンドサの作家としての名声を不動にしたのは、一九八六年に発表された『奇蹟の都市』（バルセローナ、セイス・バラール社刊）である。この長篇小説によってメンドサは、国内外の数々の文学賞を与えられて、スペインのベストセラー作家のトップの地位を獲得した。ちなみにこの小説は、二〇〇二年に『エル・ムンド』紙が選んだ「二〇世紀スペインの最良小説」の一つに数えられている。その後メンドサは、バルセローナを拠点にしつつ（近年はロンドン滞在が多い）、数多くの小説を発表しており、『奇蹟の都市』を含む四作品は映画化もされている。こうした長年の功績を讃えられて、二〇一六年には「セルバンテス賞」というスペイン語圏文学の最高賞を与えられた。これらの作品の文学的特徴については、邦訳がなされている二点、『奇蹟の都市』

（鼓直ほか訳、国書刊行会、一九九六年）と『グルブ消息不明』（柳原孝敦訳、東宣出版、二〇一五年）のそれぞれの訳者解説に委ねたい。

すでに多くの批評家や評論家が指摘しているように、小説家メンドサは、カタルーニャ地方、とくにバルセローナ市の歴史的激動の時代を背景にして、そうした社会に蝟集《いしゅう》する人びとに焦点をあてながら、パロディーとユーモアを混ぜ合わせたかたちで、壮大な風刺的エンターテインメント小説を書くことを、真骨頂としてきた。その前提として、『サボルタ事件の真相』では一九一七年から一九一九年にかけてのバルセローナ市の深刻な労使紛争が、『奇蹟の都市』では一八八八年から一九二九年にかけての同市の工業・経済・社会の大きな変容が、『グルブ消息不明』では一九九二年オリンピックを控えた同市の社会的混乱と混沌が、克明に調べられている。誇張されたパロディー部分を除けば、これらの小説は都市社会史研究として十分に参照すべき内容を誇っているのである。

しかし本書『カタルーニャでいま起きていること』は、現在のカタルーニャを対象にした作品だが、パロディーでも風刺でもない。そうではなくて、一人のカタルーニャ知識人によるカタルーニャのいびつな現状に対する危惧の吐露である。本書は序文を含めると一三のテーマからなっているが、フランコ主義とフランコ体制下のカタルーニャの実態についての叙述は、バルセローナに生まれ育った人物の同時代証言として貴重である。いかなるレベルでカタルーニャ語使用が禁止されまた許容されていたかについての指摘もまた、独裁体制と地方固有言語の関係を知るうえで興味深い。カタルーニャが早くから国内外からの移入者を受け入れる社会であったことはつねに言われることだが、それでもなお基本的には閉鎖的構造を維持しているとの指摘も重要であろう。カタルーニャ社会の起源、カタルーニャ・ブルジョワジーの特徴、そしてバルセローナの特権的地位についての指摘は、すでに一九八六年に著された小説『奇蹟の都市』の背景描写になっていたが、いまなお「真のカタルーニャ」が無批判に語られる現状への批判にもなっている。カタルーニャ人の性格とフランコ主義者が思い描いたカタルーニャ人については、自分たちがつくり上げたイメージ、つまり虚構のなかで生きる心地よさを、メンドサ独特の文体で皮肉っている。さらに民主主義については、とくに独立派からは金科玉条のようにもち出される言葉だが、「恣意性や権力の乱用を和らげる」こと以上の役割をそれに求めることを戒めている。スペインでは二〇〇七年に制定された歴史記憶法に基づいて、フランコ時代清算のためにシンボルを撤去するという作業が行なわれてきたが、別のシンボルがそれによって代替されていないかを検証することが必要だという。そうでなければ、フランコ主義のパラダイムからの脱却が困難だからである。本書の最後には、カタルーニャ社会がいまなおグローバル化の時代に求められる多文化性と多様性に対応しきれていない現状を批判したうえで、独立派の動きが、カタルーニャ社会の抱える多岐にわたる複雑な課題に取り組む丁寧な努力からはほど遠いことを批判する。そして本書の締めくくりにメンドサは、いま大切なのは「偏見、無知、無理解を前に肩をすくめるのではなくて、自分たちの考えを問題にし、ものごとを自分自身に、そしてお互い同士に説明していくことである」と述べて、「ものごとを考え始めたときには、たいていもう遅いのだ」と言いつつも、自分を生んだ祖国カタルーニャが冷静さを取り戻すことに最後の望みをかけている。

なぜ、小説家メンドサがこうしたかたちで社会評論を書き上げたか、あるいは書き上げなければならなかったかを理解するには、最近のカタルーニャ政治の動向を知る必要がある。この点に関して私は、総合雑誌『潮』編集部の依頼に応じて、以下のような随筆を書いた（『潮』二〇一八年一月号に掲載）。

＊＊＊

「二者択一のはざまで」

スペインのカタルーニャ自治州政府と中央政府の対立は深刻化先鋭化し、状況は混沌としています。私は、ほぼ半世紀にわたってスペインの歴史研究に携わっていますが、今、あらためてナショナリズムの問題の深刻さを認識させられています。現行スペイン憲法の枠組みでは、いかに言語と文化が異なるとはいえ、ある自治州がスペインからの分離独立をめざす動きは違法行為にほかなりません。自治州政府は、中央政府の勧告を無視して昨年一〇月一日に住民投票を強行し、約四割の投票率でしたが、独立賛成が九割に上ったことを根拠に独立の道を突き進もうとしています。

昨年六~七月に実施された世論調査ではカタルーニャの人々の四一%が独立賛成、四九%が反対であったわけですから、仮に二〇一四年のスコットランド独立住民投票のように中央政府の合意のもとに平穏な住民投票がおこなわれていたら、独立賛成が圧倒的多数を占めたとは考えられません。しかし自治州政府による住民投票強行とそれに対しての中央政府の行き過ぎた規制措置は、両者の関係を決定的亀裂へと追いやってしまったわけです。

民主主義社会のなかで「自決権」という言葉は説得力のある響きをもっています。事実、カタルーニャのなかで独立に賛成でない人も、自決権の行使には賛同する人が多いと思います。しかし、州議会議席の過半数を占めるとはいえ独立派諸政党の選挙での得票数は過半数に達していませんし、「独立」という重要な問題に関しての住民投票の発議が議員数の半数を超えるだけでよいのか、また独立賛成か否かという重要な投票に最低投票率の設定もなくてよいのか等々、疑問を呈さざるを得ません。

カタルーニャ州の問題をめぐっては、スペインの憲法規定を無視する自治州政府に対しての批判がスペイン各地で強まる一方、カタルーニャの独立派はスペインの中央政府をフランコ独裁体制に準《なぞら》えてファシズムと非難する声をますます高めています。しかし、フランコ独裁体制下でカタルーニャ地域の置かれた状況は、現在のカタルーニャ自治州の状況とは大きく異なります。カタルーニャの言語とアイデンティティを尊重するのは当然のことですが、「独立」に夢を託す人々の不寛容さにもきちんと対峙しなければならないと思います。

とくに過激な若者たちが、独立への危惧を声に出す人々に対してファシストやナチ呼ばわりして糾弾する風潮は、スペイン人としてのアイデンティティも保持しようとするカタルーニャ知識人たちをいら立たせています。その一人、映画監督・脚本家のイザベル・クシェットは、「私たちはカタルーニャから追い出されようとしています」「私はさまざまな色合いをもった人間です。でも、いま私たちが暮らしている状況はそうしたニュアンスを認めようとしないのです」と述べて、二者択一を迫る社会に対する不安感を吐露しています。

今後、スペインとカタルーニャの関係がどうなっていくか、軽はずみな予想はできません。ただ願わくは、「独立」賛成か否かという二項対立に属さない人々の声を大事にすることで、不寛容な社会に陥らないで欲しいと思っています。

＊＊＊

メンドサが本書を刊行したのは二〇一七年一一月、私がこの随筆を著したのはその翌月であったが、残念ながらカタルーニャ社会内部の対立は解消に向かうどころか、ますます先鋭化しており、和解と解決の糸口は見えない。そして、昨年秋以来の日本のジャーナリズムの論調はおおむね表層的なものにとどまっていて、現在のスペインとカタルーニャの実情が伝えられていない。ひどい論調は、カタルーニャ固有の言語と文化がフランコ主義の系譜を汲む中央政府によって再び抑圧されようとしているという。現在のカタルーニャ自治州では初等教育の現場では「言語漬け政策」によって一〇〇%カタルーニャ語が教育言語となっていて、スペイン語（カスティーリャ語）の授業は週に二〜三時間しか保証されていないということが理解されていない。そして、このことが少なくとも一部のカタルーニャ語を母語としない人びとの不満を引き起こしているということには、焦点があてられない。また、カタルーニャの初等中等教育の歴史教科書では長く（少なくとも民主化以後は）スペイン国家がカタルーニャの「敵」として叙述されてきたことが、いたずらにいまの若者たちのスペインへの敵愾《てきがい》心を煽り立てていることにも、ほとんど言及されないのである。

私がカタルーニャ内部の独立派の動きを本当に警戒するようになったのは、二〇一七年八月、独立派の牛耳る自治州政府がますますメディア支配を強めようとする動きを批判するジャーナリストのグレゴリオ・モランの記事（「カタルーニャ国民運動の手段」）の掲載を、『ラ・バングアルディア』紙の編集長が拒んだときである。かつては自由主義的であったはずの同紙でさえ、ジャーナリズムの矜持を保てないことは、いかにカタルーニャ社会の分断化が進行しているかの証左ではないだろうか。モランは、一九八八年から同紙のコラム欄を担当していたが、フランコ時代にはスペイン共産党の活動家としてフランコ主義の弾圧に抗した人物であったことを付言しておきたい。

以上、カタルーニャの現状は、バイリンガルでコスモポリタンな知識人たちの立場を揺るがしかねないほどに不寛容さを増している。もちろん、こうした二項対立的状況を助長したのが、二〇一一年一二月から二〇一八年六月まで続いたラホイ前首相の国民党政権の頑なな姿勢であったことは、しっかりと明記しておきたい。しかしながら、独立派を自称する人びとがフランコ主義のパラダイムから抜け出していないことにも、注意しなければならないのだ。スペイン政府による教育への不当な政治介入を批判したバルセローナ大学フランシスコ・カハ教授（「カタルーニャ市民組織」代表）もまた、「言語漬け政策」への批判を理由にスペイン主義者として断罪されてしまう。さまざまな意見や批判があって然るべきなのだ。さまざまな異論をフランコ主義やスペイン主義として一刀両断に切り捨てる不寛容さには、あくまでも警戒を怠ってはならない。それは日本の現状についてもいえることだろう。メンドサが「日本の読者へ」に書いた最後の部分をあらためて引用したい。

カタルーニャで起こっていることは、広範に拡がっている病気の一つの症候にすぎない。治療は攻撃的薬物投与にあるのではないし、ましてや外科手術にあるのでもない。そうではなくて、からだに良いもの、つまり新鮮な空気と健康的な食物にあるのだ。現在に生きること、将来を考えること、そして人びとの現実的諸問題に配慮することが肝要なのだ。

本書は、あくまでもエドゥアルド・メンドサというバルセローナで生まれ育った知識人の目から見たカタルーニャの現状の告発であって、私はその理解に全面的に賛同しているわけではない。だが、異論を許す寛容さこそが、グローバル化社会のなかで「広範に拡がっている病気」への最良の対処法であると私も思う。メンドサの本書が、広範な読者に読まれて、豊かな言論空間が広がることを期待したい。最後になるが、明石書店編集部の兼子千亜紀さんには、このたびもさまざまな協力と助言をいただいた。この場を借りてとくに感謝の意を表したい。

立石博高

二〇一八年盛夏、浅間山麓にて

〈著者紹介〉
**エドゥアルド・メンドサ**（Eduardo Mendoza）
1943年、バルセローナ生まれ。1975年に処女作『サボルタ事件の真相』を出版。1986年に発表した『奇蹟の都市』で数々の文学賞を受賞し、スペインのベストセラー作家の地位を確立。2016年、スペイン語圏文学の最高賞であるセルバンテス賞を受賞。カタルーニャ語とスペイン語のバイリンガルだが、作品はすべてスペイン語で発表している。
邦訳作品：『奇蹟の都市』（鼓直ほか訳、国書刊行会、1996年）、『グルブ消息不明』（柳原孝敦訳、東宣出版、2015年）。

〈訳者紹介〉
**立石博高**（たていし・ひろたか）
東京外国語大学長
専攻：スペイン近代史、スペイン地域研究
主な著書・訳書：『スペイン帝国と複合王政』（編著、昭和堂、2018年）、『概説近代スペイン文化史』（編著、ミネルヴァ書房、2015年）、『スペインの歴史を知るための50章』（共編著、明石書店、2016年）、『カタルーニャを知るための50章』（共編著、明石書店、2013年）、『アンダルシアを知るための53章』（共編著、明石書店、2012年）、『世界の食文化14 スペイン』（農文協、2007年）、『スペイン歴史散歩――多文化多言語社会の明日に向けて』（行路社、2004年）、『スペインにおける国家と地域――ナショナリズムの相克』（共編著、国際書院、2002年）、『世界歴史大系　スペイン史1・2』（共編著、山川出版社、2008年）、『スペイン・ポルトガル史』（編著、山川出版社、2000年）、『国民国家と市民――包摂と排除の諸相』（共編著、山川出版社、2009年）、『国民国家と帝国――ヨーロッパ諸国民の創造』（共編著、山川出版社、2005年）、『フランス革命とヨーロッパ近代』（共編著、同文舘出版、1996年）、J・アロステギ・サンチェス他『スペインの歴史――スペイン高校歴史教科書』（監訳、明石書店、2014年）、ヘンリー・ケイメン『スペインの黄金時代』（岩波書店、2009年）、アントニオ・ドミンゲス・オルティス『スペイン三千年の歴史』（昭和堂、2006年）、リチャード・ケーガン『夢と異端審問――16世紀スペインの一女性』（松籟社、1994年）など。

カタルーニャでいま起きていること
——古くて新しい、独立をめぐる葛藤

2018年11月30日　初版第1刷発行

著　者——エドゥアルド・メンドサ
訳　者——立石博高
発行者——大江道雅
発行所——株式会社　明石書店
〒101-0021　東京都千代田区外神田6-9-5
電　話　03-5818-1171
FAX　03-5818-1174
振　替　00100-7-24505
http://www.akashi.co.jp
装　幀——明石書店デザイン室
印刷・製本——モリモト印刷株式会社
（定価はカバーに表示してあります）
ISBN978-4-7503-4757-8

## ●世界歴史叢書●

ユダヤ人の歴史
アブラム・レオン・ザハル 著　滝川義人 訳　◎6800円

ネパール全史
佐伯和彦 著　◎8800円

現代朝鮮の歴史
世界のなかの朝鮮
ブルース・カミングス 著　横田安司、小林知子 訳　◎6800円

メキシコ系米国人・移民の歴史
M・G・ゴンサレス 著　中川正紀 訳　◎6800円

イラクの歴史
チャールズ・トリップ 著　大野元裕 監修　◎4800円

資本主義と奴隷制
経済史から見た黒人奴隷制の発生と崩壊
エリック・ウィリアムズ 著　山本伸 監訳　◎4800円

イスラエル現代史
ウリ・ラーナン 他著　滝川義人 訳　◎4800円

征服と文化の世界史
トマス・ソーウェル 著　内藤嘉昭 訳　◎8000円

民衆のアメリカ史【上巻】
1492年から現代まで
ハワード・ジン 著　猿谷要 監修
富田虎男、平野孝、油井大三郎 訳　◎8000円

民衆のアメリカ史【下巻】
1492年から現代まで
ハワード・ジン 著　猿谷要 監修
富田虎男、平野孝、油井大三郎 訳　◎8000円

アフガニスタンの歴史と文化
ヴィレム・フォーヘルサング 著
前田耕作、山内和也 監訳　◎7800円

アメリカの女性の歴史【第2版】
自由のために生まれて
サラ・M・エヴァンズ 著
小檜山ルイ、竹俣初美、矢口裕人、宇野知佐子 訳　◎6800円

レバノンの歴史
フェニキア人の時代からハリーリ暗殺まで
堀口松城 著　◎3800円

朝鮮史　その発展
梶村秀樹 著　◎3800円

世界史の中の現代朝鮮
大国の影響と朝鮮の伝統の狭間で
エイドリアン・ブゾー 著　李娜兀 監訳　柳沢圭子 訳　◎4200円

ブラジル史
ボリス・ファウスト 著　鈴木茂 訳　◎5800円

フィンランドの歴史
デイヴィッド・カービー 著　百瀬宏、石野裕子 監訳
東眞理子、小林洋子、西川美樹 訳　◎4800円

バングラデシュの歴史
二千年の歩みと明日への模索
堀口松城 著　◎6500円

スペイン内戦
包囲された共和国1936-1939
ポール・プレストン 著　宮下嶺夫 訳　◎5000円

女性の目からみたアメリカ史
エレン・キャロル・デュボイス、リン・デュメニル 著
石井紀子、小川真和子、北美幸、倉林直子、栗原涼子、
小檜山ルイ、篠田靖子、芝原妙子、高橋裕子、
寺田由美、安武留美 訳　◎9800円

〈価格は本体価格です〉